I0686372

CONTRIBUTION

A L'ÉTUDE DES ORIGINES

DU

DÉCASYLLABE ROMAN

PAR

Victor HENRY

Chargé de cours à la Faculté des Lettres de Douai,
Lauréat de l'Institut.

PARIS

MAISONNEUVE FRÈRES & CH. LECLERC, ÉDITEURS

25, QUAI VOLTAIRE, 25

—

1886

CONTRIBUTION

A L'ÉTUDE DES

ORIGINES DU DÉCASYLLABE ROMAN

IMP. GEORGES JACOB, — ORLÉANS.

CONTRIBUTION

A L'ÉTUDE DES ORIGINES

DU

DÉCASYLLABE ROMAN

PAR

Victor HENRY

Chargé de cours à la Faculté des Lettres de Douai,
Lauréat de l'Institut.

PARIS

MAISONNEUVE FRÈRES & CH. LECLERC, ÉDITEURS

25, QUAI VOLTAIRE, 25

1886

CONTRIBUTION

A L'ÉTUDE DES

ORIGINES DU DÉCASYLLABE ROMAN

> ...., *Neque obliviscantur romanicam poesin ita a romana discrepare, ut ejus origo pæne lateat, nullaque magis pars grammaticæ lubrica sit.*
> (L. Havet, *De saturnio Latinorum versu*, p. 17.)

I

SUB JUDICE.

La question des origines d'une forme rythmique est par elle-même si complexe qu'elle semble défier toute analyse, et pourtant si pleine d'intérêt qu'on ne saurait se défendre d'y revenir, alors même qu'on s'est convaincu de l'inanité des efforts tentés pour en pénétrer le mystère. Il y a quelque chose de plus irritant qu'un texte indéchiffrable : c'est une inscription, comme celle d'Alise, parfaitement lisible, et néanmoins inintelligible. N'est-ce pas une énigme de même nature que celle du décasyllabe roman? Voici une cadence qui flatte notre oreille et satisfait notre sens esthétique ; elle nous est familière, au point qu'elle

1

semble ne pouvoir être autre, et l'idée ne nous vient
même pas que la pensée poétique de nos vieux trouvères
eût pu par aventure revêtir une forme différente ; nous
l'acceptons ou la subissons par habitude, comme ces mots
usuels qui sont la monnaie courante du langage, et dont
le sens est pour nous si clair que nous ne songeons pas à
en chercher l'étymologie. Uu jour pourtant quelqu'un
s'avise de se demander: « D'où vient-elle ? » et la question demeure sans réponse, ou bien elle admet à la fois
plusieurs réponses contradictoires, dont aucune d'ailleurs
n'est entièrement satisfaisante. La solution semble sous la
main, et, plus on fait effort pour la serrer de près, plus
elle se dérobe.

Faut-il pour cela désespérer de la saisir ? Faut-il croire,
avec d'éminents métriciens, MM. G. Paris et L. Havet,
qu'il soit chimérique de vouloir ramener à un type latin
déterminé les formes rythmiques populaires de la poésie
romane ? Cette résignation n'est facile qu'aux maîtres ;
ceux-là seuls qui savent beaucoup peuvent consentir à
ignorer: quelques bonnes raisons qu'ils lui apportent de
clore le débat, le disciple s'obstine à le pousser plus avant
à ses risques et périls. Si les recherches de la grammaire
comparée ont permis de restituer dans leurs éléments
essentiels des langues éteintes depuis des siècles, s'il n'est
pas interdit au métricien d'entrevoir d'ores et déjà une
conciliation possible entre les systèmes, au premier abord
si différents, du çlôka sanscrit, de l'hexamètre grec, du
saturnien latin, de la *langzeile* des Nibelungen (1), et de

---

(1) Cf. notamment F. Allen, *Ueber den Ursprung des homerischen
Versmasses.* (*K. Z.*, XXIV, p. 556 sq.)

remonter ainsi par la pensée jusqu'au principe même de l'eurythmie indo-européenne, à bien plus forte raison peut-il conserver le légitime espoir de pénétrer quelque jour le secret de la versification romane, dont les origines, peut-être tout aussi obscures, sont du moins plus rapprochées de nous. Ne sera-t-il pas temps de se rallier à la solution négative, le jour où toutes les conjectures plausibles auront été tour à tour épuisées et rejetées ?

J'ai donc entrepris de soumettre à une critique sévère les divers systèmes qui se sont produits jusqu'à présent sur l'origine du décasyllabe roman, et d'exposer à mon tour aux sévérités de la critique un système personnel, à certains égards nouveau, dont les côtés faibles n'échapperont à personne. J'ai longtemps hésité avant de m'engager dans une voie si périlleuse et déjà si brillamment parcourue, et de mettre mon inexpérience aux prises avec le témoignage des plus illustres romanistes de France et d'Europe. Dût-on me taxer de naïveté ou d'outrecuidance, une considération capitale m'a déterminé : mon hypothèse une fois écartée, je crois qu'il ne restera plus place pour aucune solution positive, et dès lors la question se trouvera virtuellement tranchée par voie d'élimination. Cette étude n'aura pas été tout à fait inutile si elle a servi à montrer le chemin qu'il faut désormais renoncer à suivre.

II

DU VERS RYTHMIQUE EN GÉNÉRAL.

Il est un point sur lequel, je crois, l'unanimité est acquise : c'est que le décasyllabe roman, non plus qu'aucune forme de notre poésie, ne peut provenir immédiatement et sans transition d'une forme métrique de la poésie ancienne : autrement dit, que, la base de notre versification étant l'accent, et non plus la quantité, le mètre ancien, quel qu'il soit, d'où procède le vers roman, a dû préalablement laisser prédominer la tonalité et se transformer en un simple rythme. A ce point de vue très général, il serait permis de dire que toute période rythmique de plus de dix syllabes, qui aurait deux accents, deux temps forts principaux, l'un à volonté sur la quatrième ou la sixième syllabe, l'autre invariablement sur la dixième, pourrait être envisagée comme contenant en germe notre cadence décasyllabique. Or l'on sait combien de types latins rentrent dans cette formule éminemment compréhensive : elle n'exclut dès l'abord que les rythmes trochaïques, où les temps forts ne peuvent porter que sur des syllabes impaires ; elle admet au contraire tous les trimètres iambiques, soit complets, soit catalectiques :

> Phaselus ille quem videtis, hóspites —
> Trahuntque siccas machinæ carinas —

le saphique, tel qu'Horace l'a plié aux exigences de l'oreille latine,

Pindarum quisquis studet æmulári ; —

d'autres encore, dont la ressemblance au moins superficielle avec le vers roman ne pouvait manquer de frapper
les esprits les moins prévenus. A supposer donc que le
choix ne fût ouvert qu'entre tous ces types fort différents,
l'alternative serait déjà fort embarrassante. Mais (et c'est
ici que se manifeste la divergence entre deux écoles ou
deux tendances qui, partant du même principe, abou-
tissent à des conclusions diamétralement opposées) voici
qu'au début même de notre recherche, d'imposantes auto-
rités nous arrêtent en nous demandant de quel droit nous
rattacherions à un type quelconque de versification classique la forme rythmique inconnue d'où notre vers est
issu.

Selon M. G. Paris, le vers rythmique, absolument indé-
pendant de la métrique romaine, qui d'ailleurs n'est qu'un
emprunt fait aux Grecs, serait essentiellement l'expression
de la poésie populaire des Latins, et dans son récent et
bel ouvrage M. Rajna a soutenu une opinion toute semblable, en substituant toutefois le vers celtique au vers
latin (1). Depuis une assez haute antiquité on aurait fait
et chanté, en Italie et dans les Gaules, des vers dont la

(1) V. sur cette intéressante question : G. Paris, *Lettre à M. L.
Gautier*, dans *Biblioth. de l'École des Chartes*, VI, II, p. 601 sq.;
— d'Arbois de Jubainville, *Rapports de la versification du vieil ir-
landais*, etc., dans *Rom.*, VIII, p. 145 sq.; — le même, *Versif.
irlandaise et versif. romane*, et G. Paris, *Réponse à M. Bartsch*,
dans *Rom.*, IX, pp. 177 et 184; — P. Rajna, *Origini dell' Epopea
Francese* (Firenze 1884), p. 522 sq. et la recension de cet ouvrage
par M. G. Paris, *Rom.*, XIII, p. 622 sq., etc.

cadence ne reposait que sur l'accentuation des syllabes. La quantité prosodique n'était pas assez vivement sentie par les Latins pour qu'ils en fissent la base de leur versification ; elle ne commença à vibrer distinctement à leur oreille que du jour où ils eurent coulé leur langue poétique dans des moules d'importation étrangère, et garda du reste toujours chez eux un caractère artificiel que met en pleine lumière le contraste de la raideur du vers latin avec l'admirable souplessse de son modèle grec. Mais, bien avant que les lettrés eussent introduit les cadences helléniques, le peuple avait pour son usage composé des vers rythmés, chants de la charrue et de l'atelier, formules propitiatoires, hymnes de victoire ou couplets railleurs pareils à ceux que chantaient les soldats de César derrière son char de triomphe ; et le peuple ne modifia ni ses goûts, ni ses habitudes pour plaire aux hellénisants de la cour d'Auguste. Tandis que ceux-ci naturalisaient les mètres grecs, il demeurait fidèle à ses vieux rythmes latins,

Versibus quos olim Fauni vatesque canebant,

et c'est de cette poésie populaire et libre, non de la versification artificielle et pénible des érudits, qu'est sortie la poésie romane. Remonter, pour l'expliquer, à un mètre classique, c'est retomber dans les antiques errements de ceux qui faisaient dériver les langues romanes du latin littéraire.

Arrêtons-nous un instant sur cette comparaison : elle nous ouvre une perspective consolante, celle d'une route détournée, si la route directe nous fait défaut. Les langues romanes ne descendent pas du latin tel que nous le

révèlent les auteurs classiques, et ceux qui ont prétendu les
en faire sortir se sont perdus dans un dédale de contra-
dictions ; mais est-ce à dire que leurs recherches n'aient
point profité à la science ? Tant s'en faut, puisqu'elles ont
servi de point de départ à l'étude méthodique des langues
romanes, qui sans elles ne serait jamais née. Aujourd'hui
encore, que font ceux qui veulent étudier, dans ses rapports avec le latin, soit un ensemble de dialectes romans,
soit même un patois isolé ? S'ils pouvaient partir du latin
populaire, tel qu'il était en usage dans le district qui fait
l'objet de leurs recherches, ils n'y manqueraient évidemment pas ; mais, comme presque rien ne leur en a été
conservé, ils sont bien obligés, pour avoir une base d'opé-
rations solide, de partir du latin classique plus ou moins
modifié. C'est un ancêtre fictif, sans doute ; mais il supplée
l'ancêtre réel demeuré inconnu, et dans bien des cas permet d'en restituer autrement que par simple divination
les traits essentiels.

Eh bien, n'en serait-il pas de même du vers latin par
rapport au vers roman ? Ne pourrait-on, par une méthode
analogue, les rattacher immédiatement l'un à l'autre,
puis suppléer par la pensée les intermédiaires nécessaires
et disparus ?

Il n'y a point parité, dira-t-on : le latin littéraire est
toujours du latin, tandis que les mètres classiques sont
exclusivement grecs. — Examinons de plus près cette
assertion : est-il bien sûr d'abord que la versification populaire n'ait tenu qu'un faible compte de la quantité prosodique ?

S'il est à Rome une forme métrique populaire dans
toute l'acception du mot, c'est à coup sûr le saturnien, le

plus ancien type de vers auquel remontent les souvenirs des Romains eux-mêmes. Ennius en reporte l'origine au passé légendaire et mythologique du Latium; quand il disparaît, Nevius s'écrie que les Romains ont oublié leur langue; il appartient si peu à la littérature dite classique, que les hellénisants dédaigneux n'y voient plus guère qu'une prose cadencée. Dans ce mètre sont conçus, non seulement les premiers poèmes épiques des Romains, qui ne nous reportent pas à une très haute antiquité, non seulement les plus anciennes formules religieuses de leur culte, ce qui peut prêter à controverse à cause de l'état déplorable dans lequel ces formules nous sont parvenues, mais encore, ce qui est autrement grave et décisif, les dictons agricoles :

> Hiberno pulvere, verno luto, grandia farra,
> Camille, metes (1).....

les conjurations superstitieuses contre les maladies :

> Terra pestem teneto, salus hice maneto;

peut-être jusqu'aux berceuses de nourrices, puisque le vers unique rapporté par un scholiaste de Perse se scande en saturnien sans aucune modification :

> Lalla, lalla, lalla, aut dormi aut lacte (2).

---

(1) Cf. pourtant la scansion rythmique de M. Allen (op. cit., p. 586), dont le seul avantage est de ne pas supposer une lacune :

> Hibérno púlveré, | vérnó lútó,
> Grándiá fárra, | Camillé, métès.

(2) L. Havet, op. cit., p. 441.

Eh bien, M. L. Havet l'a démontré, croyons-nous, jusqu'à la dernière évidence, dans le chef-d'œuvre de patience, d'érudition et de goût littéraire où il a restitué et coordonné tous ces fragments informes, la cadence du saturnien repose exclusivement sur la quantité prosodique. Quand les anciens le nommaient vers rythmique, désignation qui a induit en erreur quelques commentateurs modernes, ils faisaient allusion aux licences extrêmes qui y étaient admises (notamment à la suppression facultative d'un ou même deux temps faibles), licences incompatibles avec la notion d'un vers rigoureusement métrique; mais ils n'entendaient nullement le rythme dans le sens où nous l'entendons aujourd'hui, prédominance exclusive de l'accent tonique dans la cadence du vers (1). M. Havet va plus loin encore : il n'admet pas qu'avant Commodien aucun poète ait jamais tenu compte de l'accentuation (2): il ramène sans doute à d'autres causes les particularités prosodiques qui ont fait supposer à Ritschl et à d'autres philologues une influence quelconque de la tonalité sur la structure du vers comique, et à plus forte raison se refuserait-il à la reconnaître dans l'hexamètre et le pentamètre classiques. Mais ce n'est pas ici le lieu de discuter une opinion qui a déjà fait couler beaucoup d'encre; le seul point qu'il en faille retenir est celui-ci : la plus ancienne

(1) *Ibid.*, p. 350. — Une récente tentative de scansion rythmique du saturnien (O. Keller, *der saturn. Vers als rythmisch erwiesen*, Lpz. 1883), bien qu'accompagnée de développements ingénieux, ne nous a point convaincu.

(2) *Ibid.*, p. 15. C'est aussi la conclusion fortement motivée d'une savante étude de M. W. Meyer, *die Beobachtung des Wortaccentes in der altlat. Poesie*, München, 1884.

forme de vers latin à laquelle il nous soit donné de remonter par les documents écrits est essentiellement et
exclusivement métrique.

Parmi les trop rares spécimens de chansons populaires
que l'histoire a laissé parvenir jusqu'à nous, M. G. Paris
cite volontiers les curieux tétramètres trochaïques catalectiques que chantaient les soldats au triomphe de César.
Seraient-ce là des types de versification rythmique ?

> Cæsar Gallias subegit, Nicomedes Cæsarem ;
> Ecce Cæsar nunc triumphat, qui subegit Gallias ;
> Nicomedes non triumphat, qui subegit Cæsarem (1).

Incontestablement ce sont, sans une seule irrégularité, des
trochées toniques ; mais ce sont aussi, puisque la substitution du spondée est de règle aux pieds pairs, des trochées prosodiques absolument irréprochables, sauf l'unique
spondée initial, qui disparaît si l'on lit *Gallias Caesar.*
Admettons qu'ici les deux éléments possibles de l'eurythmie
ancienne se combinent en proportions égales : on ne voit
aucune raison d'accorder que l'un ait absorbé et dominé
l'autre. Il y a alliance intime, fusion du rythme et du mètre,
coïncidence qui a dû se produire bien souvent dans une
langue où l'accent principal des mots dépend essentiellement de la quantité des syllabes.

La contre-épreuve est aisée, car ce ne sont pas là les
seuls couplets populaires que nous ait conservés le pré-
cieux anecdotier des Césars :

(1) Sueton., *Cæs.*, XLIX.

Gallos Cæsar in triumphum ducit, idem in curiam ;
Galli braccas deposuerunt (1), latum clavum sumserunt.
Brutus, quia reges ejecit, consul primus factus est ;
Hic, quia consules ejecit, rex postremo factus est (2).

Ici le principe de la versification apparaît moins nettement : la plupart des pieds sont des trochées toniques,
mais des spondées prosodiques. Il semblerait donc que la
cadence reposât sur l'accentuation ; mais cette conclusion
serait abusive. Il suffit de considérer ces quatre vers pour
y reconnaître des trochaïques de la dernière licence, avec
substitution permise du spondée à tous les pieds sauf le
dernier, dans le genre des vers des comiques ou du sénaire
de Phèdre. Ici non plus, en dépit des apparences, la tonalité ne joue qu'un rôle secondaire, si même elle entre en
ligne de compte. La preuve va nous en être fournie par
un quatrième couplet, où les trochées prosodiques ne sont
pas moins irréguliers et où pourtant il est impossible de
reconnaître des trochées toniques :

Urbani, servate uxores, moechum calvum adducimus ;
Aurum in Gallia effutuisti, at hic sumsisti mutuum (3).

Le premier pied est, au point de vue de l'accentuation, un
iambe bien caractérisé, incompatible avec un rythme
trochaïque. Ces vers sont donc incontestablement métriques (4).

(1) Il faut probablement substituer *deposuëre ;* cf. dans le même
vers *sumsërunt.*
(2) Sueton., *Cæs.*, LXXX.
(3) Sueton., *Cæs.*, L.
(4) M. G. Paris me fait observer : 1° que tous ces vers se ter-
minent par des proparoxytons, ce qui confirme son principe d'ac-

Quant au fameux chant de guerre des soldats d'Aurélien, on sait combien la leçon en est incertaine (1). Toutefois les deux vers les mieux conservés laissent deviner l'allure, rythmique cette fois, du morceau tout entier :

Unus homo mille, mille, mille decollavimus ;
Tantum vini nemo habet quantum fudit sanguinis.

On ne saurait s'y tromper, puisque *homo* et *habet* sont des iambes prosodiques, mais des trochées toniques. Encore la différence ne laisse-t-elle pas d'être grande entre ces vers et ceux des hymnes du moyen âge, où la mesure semble prendre comme à plaisir le contrepied de la quantité :

Primus homo fit ex humo, mulier ex homine,
Nos ex illis, novus homo fit ex sola virgine.

Mais, en les supposant même exclusivement rythmiques, a-t-on bien le droit de rattacher cette chanson de la décadence à une tradition rythmique très ancienne, et n'y faut-il pas plutôt voir le dernier effet d'une corruption lente du sentiment de la quantité prosodique, tout-puissant à l'origine, obligé plus tard de compter avec celui de l'accentuation, et contraint finalement à lui céder la place ?

Cela même au surplus n'est point nécessaire. Plaçons-

centuation binaire, auquel, pour ma part, je me rallie entièrement ; 2° qu'il y a d'autres exemples de la licence *urbáni*. La conclusion légitime de ces observations, c'est que dans tous ces vers le rythme s'allie plus ou moins au mètre ; mais je ne crois pas qu'il prédomine ni surtout qu'il règne seul.

(1) Vopisc., *Aurel.*, vi. — Cf. G. Paris, *Lettre à M. L. Gautier*, loc. cit., p. 584 sq. et 601 sq., et W. Meyer, *Ursprung d. latein. rythm. Dichtung* (München 1885), dont les conclusions ruineraient la présente étude si elles étaient généralement admises.

nous sans réserves sur le terrain de M. G. Paris ; admettons avec lui que, dès l'époque des expéditions de César,
il ait existé une versification populaire rythmique, que
jamais elle n'ait rien eu de commun avec la versification
classique, qu'elle ait vécu et se soit développée en dehors
et au-dessous de la poésie littéraire, dissimulée par elle à
nos yeux, qu'elle se soit enfin épanouie au moyen âge avec
la *lingua vulgaris* dont elle était l'expression poétique.
Quel qu'il puisse être, ce type rythmique inconnu procède
nécessairement d'un type métrique antérieur, sinon latin,
du moins gréco-latin, par exemple (1), d'où sont issus
aussi, par une autre voie, les mètres grecs et les mètres
latins qui nous sont parvenus. Ces derniers sont dès lors,
sinon les ancêtres directs, au moins les très proches colla-
téraux de la forme rythmique dont nous recherchons l'origine, et il demeure légitime, indispensable même, ce
semble, de s'appuyer sur eux, en les considérant comme
des types intermédiaires, pour remonter par eux à l'ancêtre
commun.

En effet, la versification indo-européenne n'a reposé à
l'origine que sur la quantité syllabique. Quelle que fût
d'ailleurs l'importance de l'accentuation primitive, qui naturellement s'affaiblit à mesure que la langue s'éloigna de
son berceau, elle ne put, tant que l'accent demeura tonique,
que rehausser au double point de vue de l'intensité et de
la tonalité la syllabe qui en était frappée ; elle n'en accrût
jamais la durée, et par suite resta sans influence sur la
mesure. Les recherches de Westphal ont suffisamment élu-

(1) Réserve faite du point de savoir s'il a existé en réalité une
unité ethnique ou linguistique gréco-latine, italo-celtique ou autre.
Ce détail importe peu au fond même de l'argumentation.

cidé ce point capital pour la période préhistorique du langage, et les métriciens les plus autorisés (1) enseignent
cette doctrine sans la moindre hésitation. Le sanscrit, où
l'accent est pourtant très marqué, très varié, et paraît
avoir joué un rôle mélodique considérable, n'a jamais
connu d'autre principe rythmique que la distinction et la
succession régulière des longues et des brèves. Il en faut
dire autant du vers grec, jusqu'à l'époque de la décadence
byzantine, qui correspond à une modification profonde
dans la prononciation des voyelles accentuées (2). Les vers
d'Homère étaient chantés, et, pour pouvoir les chanter en
mesure, il fallait bien donner à la longue, même atone,
une durée double, ou à peu près, de celle de la brève,
même accentuée. C'est sur le même principe prosodique,
sans tenir compte de la position des accents, que les
poètes lyriques construisirent leurs mètres les plus libres
et les plus compliqués, dont les mélodies étaient certainement populaires ; et, si l'on voulait prétendre, ce que pour
ma part je n'oserais contester, que la naissance du στίχος
πολιτικός est sensiblement antérieure à son apparition dans
l'histoire littéraire des Grecs, il n'en demeurerait pas
moins certain que la structure même de cette forme rythmique en reporte l'origine à un type métrique préexistant.
Au surplus, la musique conservée de la première Pythique

(1) Cf. notamment Christ, *Metr. d. Gr. u. Röm.*, Lpz. 1874.
(2) J'entends la substitution de l'accent *expiratoire* ou *empha-
tique* à l'accent *tonique* ou *chromatique*. — Cf. K. Verner, *eine
Ausnahme der ersten Lautverschiebung* (K. Z., XXIII, p. 115 i. n.),
et Allen, *op. cit.*, p. 564. Sur l'époque à laquelle cette substitution
s'est produite, cf. Hanssen, *ein musikalisches Accentgesetz in der
griech. Poesie*, Rhein. Mus., XXXVIII, p. 222 sq.

de Pindare témoignerait au besoin de cette prépondérance exclusive de la quantité prosodique: la durée de chaque temps ne se règle jamais que sur la longueur ou la brévité de chaque syllabe, accentuée ou atone, peu importe; et il n'est pas même bien sûr que l'accent, si délicatement nuancé dans la langue parlée, ait exercé une influence décisive sur la mélodie. Du moins n'en vois-je d'exemple certain que dans cette unique phrase

où la tonique de chaque mot répond à la plus élevée des trois notes chantées sur ce mot (1).

Tel a été évidemment aussi le principe de la primitive versification latine. Que ce principe se soit maintenu fort longtemps intact, c'est ce qu'atteste l'existence historiquement constatée du vers saturnien jusqu'au Vᵉ siècle de Rome (2). Toutefois en latin l'accent a pu prévaloir beau-

(1) Cf. d'Arbois de Jubainville, *Mém. Soc. Ling.*, V, p. 162.
(2) Si l'on admet la définition du vers rythmique telle que la formule M. L. Gautier, « nombre toujours égal de syllabes, accent invariablement placé sur les mêmes syllabes, » on voit combien, quoi qu'en pense l'éminent romaniste, elle s'applique peu au saturnien, qui peut avoir de onze à dix-sept syllabes, et même davantage :

> Malum dabunt patres Nævio vati, —
> Apollini vovendos censeo ludos —
> Malum dabunt Metelli Nævio poetæ, —
> Quibus sei longa licuiset tibe utier vita, —
> Bene rem geras et valeas, dormias sine qura — etc.

De ce qu'Horace le nomme *horridus,* on n'en doit pas conclure

coup plus tôt qu'en grec, parce que l'accent latin dépend
bien plus que le grec de la quantité prosodique. Quand
on formule la proposition contraire, on s'attache à cette
circonstance accessoire et superficielle, qu'une longue
finale n'empêche pas l'accentuation de l'antépénultième,
ce qui tient sans doute uniquement à ce que la longueur des finales était à peu près insensible à l'oreille
latine. C'est là une considération d'ordre secondaire ; le
point capital, c'est, d'une part, que toutes les pénul-
tièmes longues portaient l'accent, d'autre part, que moitié environ des antépénultièmes accentuées étaient en
même temps longues : dans ces conditions, l'accent, se
trouvant la plupart du temps uni à la longueur prosodique (1), devait insensiblement se confondre avec elle,
puis la dominer. C'est ce qui a pu arriver de fort bonne
heure. Le plain-chant de la préface de la messe, qui
passe dans l'Église catholique pour une mélodie tradi-
tionnelle d'une haute antiquité, prononce assez régulièrement longues les brèves accentuées et brèves les longues
atones ; l'accent latin, mort pour nous, vit encore dans
nos chants religieux, et, au grand dommage de la quantité vraie, dans la prononciation latine de nos sémi-
naires ; et tout porte à croire que, dans la langue parlée,
cette usurpation de l'accent est antérieure à l'établisse-

qu'il soit fondé sur un autre principe que l'hexamètre, mais simplement qu'Horace ne savait plus le scander. Boileau pensait aussi
que la vieille versification française n'avait d'autre loi que le caprice,
et on l'eût fort étonné en lui apprenant qu'elle ne différait pas de la
sienne, qu'elle était même plus rigoureuse.

(1) Cf. Corssen, *Aussprache*², II, p. 972 sq., et W. Meyer, *op.
cit.*, p. 6-8.

ment du christianisme (1). Mais, la supposât-on même contemporaine du roi Latinus de fabuleuse mémoire, la forme rythmique à laquelle elle a donné naissance n'en serait pas moins calquée sur une forme métrique très ancienne, commune aux Grecs et aux Latins à raison de leur descendance commune indo-européenne, et par conséquent restituable par la comparaison des mètres grecs et latins qui en sont issus.

Résumons-nous : tout *rythme* a débuté par un *mètre ;* quant à la détermination du *moment précis* auquel l'élément rythmique a commencé à l'emporter sur l'élément métrique, la question nous paraît à peu près insoluble, mais en tous cas secondaire. Si nous constatons une complète ressemblance entre le décasyllabe roman et un mètre latin quelconque, soit par exemple un mètre iambique, nous aurons le droit de rattacher le premier au second, en sous-entendant toujours, ne l'oublions pas, que l'un ne procède pas de l'autre, mais qu'ils procèdent tous deux d'un type métrique italique ou préitalique, par une série d'intermédiaires que reproduit, sommairement esquissé, l'arbre généalogique que voici :

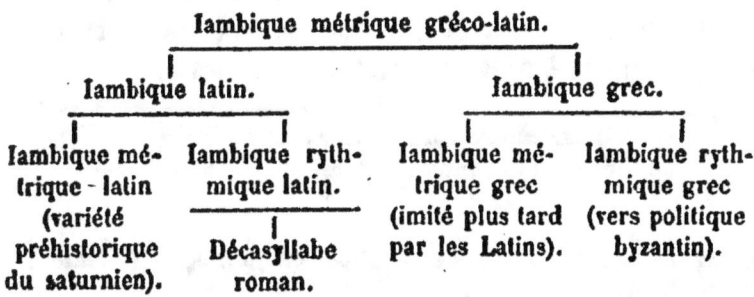

Iambique métrique gréco-latin.

Iambique latin. — Iambique grec.

| Iambique métrique-latin (variété préhistorique du saturnien). | Iambique rythmique latin. | Iambique métrique grec (imité plus tard par les Latins). | Iambique rythmique grec (vers politique byzantin). |
| | Décasyllabe roman. | | |

(1) Sur le métaplasme de l'accent et de la quantité, cf. encore les

2

Lors donc que nous citerons des vers classiques pour les rapprocher de notre décasyllabe, il importe que l'on ne se méprenne pas sur notre pensée: ces mètres, envisagés ici au point de vue purement rythmique, ne représenteront à nos yeux que le type rythmique disparu qui se réclame de la même origine.

III

LE DACTYLIQUE TÉTRAMÈTRE HYPERCATALECTIQUE.

L'hypothèse de M. L. Gautier (1), qui est aussi celle de MM. ten Brink et Bartsch, peut être considérée à certains égards comme l'antipode de l'opinion de M. G. Paris : il ne s'agit plus ici d'une forme populaire contemporaine de César, ni d'un vers dans lequel l'accent tonique a de très bonne heure régné sans concurrence, mais au contraire d'un mètre qui ne s'est développé qu'aux plus bas temps de la décadence, et où l'accent tonique est en lutte ouverte avec la position des temps forts de la mesure prosodique. Il est bien évident en effet que, si des vers, qui dans le langage courant se prononçaient

> Quam cúperem tamen ante nécem,
> Si potis est, revocare túam,

vues ingénieuses de M. P. Merlo, *Problemi fonologici* (Firenze, 1884), p. 27 sq.

(1) Les *Épopées françaises*, 2e éd. (Paris, 1878), 1, p. 291 i. n. et *pass.*

ont pu être chantés ou déclamés sous la forme

Quam cuperém tamen ante necém,
Si potis ést, revocare tuám (1),

c'est en vertu seulement de l'arsis prosodique qui tombait
sur la quatrième et la dixième syllabe, arsis tout artificielle
et en contradiction manifeste avec la prononciation du
V° siècle où l'accent avait définitivement triomphé de la
quantité.

Cette première considération est déjà de nature à nous
induire en défiance. Est-il croyable qu'un rythme populaire, même chanté, procède d'un rythme où la prononciation populaire est si fort maltraitée? L'élève qui veut
sincèrement s'instruire doit avoir à l'égard de ses maitres
la franchise de son opinion : ayons donc le courage de le
dire à MM. Bartsch et L. Gautier, le dactylique tétramètre
hypercatalectique ne nous semble avoir avec notre décasyllabe qu'une seule ressemblance, toute superficielle, c'est
que l'un et l'autre ont dix syllabes, et encore ce rapport
spécieux s'efface-t-il si l'on vient à considérer que ce
mètre admet en principe la substitution du spondée et
peut par conséquent se réduire à neuf, à huit syllabes ou
moins encore. Qu'y a-t-il de commun dès lors entre notre
décasyllabe et des vers tels que celui-ci

Deliciæ cui carcer er i,

dont les exemples foisonnent? D'une part les accents toniques n'occupent point la même place, de l'autre le nombre

(1) Le principe de l'accentuation binaire s'accommode bien du
premier hémistiche de ces vers, mais ne saurait corriger le second.

des syllabes n'est pas nécessairement le même. Toute iden‡
tité disparaît (1).

Cette objection, dira-t-on, s'applique bien au vrai dactylique, mais non au vers innommé du moyen âge, au déca-

(1) « Comment voulez-vous, dit M. G. Paris, que ce vers français

Oui, je viens dans son témple adorer l'Éternél,

puisse avoir, de près ou de loin, ¦quelque relation d'origine avec ce
vers latin

Mæcenas, átavis edite régibus ?

Considérez seulement la place de l'accent, qui en latin et en français
ne tombe point sur les mêmes syllabes. »

« Telle est l'objection, répond M. L. Gautier, *et elle serait irré-
cusable*, si les vers français rythmiques avaient été fabriqués d'une
façon savante sur des vers latins rythmiques *récités ou lus*. Mais il
n'en a pas été ainsi. Les vers latins rythmiques qui ont, selon nous,
donné naissance aux vers français rythmiques étaient toujours des
vers *chantés ou entendus*. Or, dans cette mélodie des hymnes,
l'accent perdait singulièrement de sa valeur de prononciation, s'il ne
la perdait pas toute. Les romans ont calqué grossièrement leur octosyllabe sur le

Jesu, nostra redemptio,

parce qu'ils ne saisissaient, dans le chant latin, que deux choses, à
savoir que cela avait huit syllabes et que cela rimait ensemble. Ils
eurent donc, eux aussi, des vers octosyllabiques et qui consonnaient :
procédé naïf, procédé d'enfant, mais naturel et facile à comprendre. »
Mais, pour qu'une pareille argumentation pût s'appliquer *mutatis
mutandis* au décasyllabe, il faudrait au moins que le dactylique
d'où on le prétend issu eût toujours eu rigoureusement dix syllabes.
« L'accent, ajoute le savant auteur, reprit d'ailleurs tout aussitôt ses
droits et détermina la forme définitive du vers roman. » Cet accent
qui tend à l'emporter sur la quantité, se laisse évincer par la mélodie, mais ne tarde pas à *reprendre ses droits* dans le vers récité
ou lu, ne sont-ce pas là des entités plutôt que des réalités ?

syllabique latin qui en est issu et qui a toujours dix syllabes, ni plus ni moins :

> Negligentér oleum fudimús —
> Resolutús est rex in cinerés.

Voilà le type de notre décasyllabe, l'intermédiaire obligé entre le vers latin et le vers roman. — A la bonne heure ; mais, si la ressemblance matérielle de ces deux décasyllabes n'est pas contestable, il resterait à savoir lequel des deux a été calqué sur l'autre. Comment ce type bizarre, où il n'y a plus trace ni de quantité ni d'accentuation latines, a-t-il jamais pu sortir d'un dactylique latin ? Ces syllabes *ter*, *mus*, *tus*, *res*, qui ne sont ni des arsis toniques ni des arsis prosodiques, en vertu de quelle convention ont-elles pu correspondre à des temps forts de la mesure, sinon par une naïve et grossière imitation des procédés de la versification française ? Ce rythme du moyen âge est donc tout simplement du français retraduit en latin, l'équivalent des innombrables et inconscients barbarismes dont fourmille le glossaire de Du Cange ; ce sont des syllabes latines coulées dans le moule du vers roman, sans plus de souci désormais de leur vraie prononciation que n'en ont malheureusement les élèves de nos collèges ; et dans ce sens nous dirons volontiers avec M. L. Gautier (1) : « Il serait bien étrange que ces deux types n'eussent point la même origine, ayant ainsi la même physionomie et étant employés par le même poète. » L'origine com-

---

(1) *Ibid.*, p. 307. Ces lignes étaient écrites quand j'ai lu l'ouvrage de M. Rajna, qui adopte la même solution (*Op. cit.*, p. 509 i. n.). Toutefois elle paraît fort douteuse à M. G. Paris.

mune n'est point douteuse, en effet ; mais ici c'est le français qui a précédé le latin. Traduisez syllabe pour syllabe le prototype latin correctement prononcé

Resolûtus est rex in cineres :

vous n'obtiendrez qu'un heptasyllabe roman :

Resolûz est reis en cênres,

et la prononciation barbare *resolutûs*, *cinerés*, ne peut évidemment s'expliquer que par l'existence antérieure du décasyllabe roman à accent constant sur la quatrième et la dixième syllabe, maladroitement imité en latin :

Sainte Marie, la medre Damnedéu.

Ainsi notre décasyllabe demeure, sans intermédiaire possible, en présence du dactylique tétramètre latin, dont il ne reproduit ni l'accentuation, ni le compte de syllabes. Mais cette incompatibilité d'ensemble se complique en outre de deux différences de détail, que nous retrouverons dans tout le cours de cette étude et qui nous amèneront à une nouvelle solution du problème.

1° Le tétramètre dactylique est toujours et nécessairement coupé après la quatrième syllabe et ne saurait admettre d'autre césure. C'est bien aussi de beaucoup la coupe la plus fréquente pour le décasyllabe roman, la seule même dans nos plus anciennes chansons de gestes. Mais la césure après la sixième syllabe est également normale : il y en a nombre d'exemples, surtout en italien :

E tenta i vaghi vénti | in rete accógliere
Chi fonda le sue speránze | in cor di fémmina ;

et l'on sait que le *Girarts de Rossilho* est écrit tout entier dans ce mètre, employé aussi par des poètes de langue d'oil dans l'*Aiol* et l'*Audigier* :

> Et quant ve que ses élmes | lhi es lassátz,
> Que a l'escut al cól, | l'espaza al látz.

Que ce soit là le caprice isolé d'un versificateur inconnu (1), admettons-le à la rigueur pour ce qui concerne l'emploi systématique de cette coupe peu heureuse, mais non pour l'invention même du rythme qu'elle divise. Nous n'en sommes plus à croire qu'Alcée ait *inventé* le vers alcaïque ou Sapho le saphique. Un poète ne crée guère de rythme nouveau, non plus qu'un prosateur ne crée sa langue : s'ils le faisaient, ni l'un ni l'autre ne serait compris (2) ; mais tous deux prennent leur bien dans un fonds déjà existant, la langue ou la versification populaire, et l'adaptent à leur usage. M. Rajna, qui croit la coupe 4/6 plus ancienne que l'autre, fait bien voir que celle-ci a pu facilement sortir de la première (3) ; mais ce qui est possible n'est pas pour cela nécessaire, et l'on ne voit vraiment aucune raison plausible qui empêche de supposer que les deux coupes ont de tout temps coexisté. Telle est bien au fond la pensée de M. Rajna lui-même, qui est fort loin de considérer ce délicat problème comme définitivement résolu. N'insistons pas : on verra plus loin qu'une hypothèse d'une extrême simplicité permet d'expliquer tout à la fois

(1) V. *Biblioth. de l'École des Chartes*, V, t. II, p. 37 sq.
(2) Allen, *op. cit.*, p. 557 : « Kein einzelner Mensch hat den dacktylischen Hexameter aus der Luft erfunden ; vielmehr ist seine Vollkommenheit das Resultat einer langen Entwicklung. »
(3) *Op. cit.*, p. 505.

et l'existence simultanée des deux césures et le développe-
ment beaucoup plus considérable de la première qui est
incontestablement la plus eurythmique.

2° Le dactylique décasyllabique est un vers parfaitement juste : le serait-il encore s'il avait onze syllabes, soit
une syllabe atone après la quatrième (ou la sixième), ou
après la dixième suivant le type :

> Quam cuperémus tamen ante necém?

La mesure est rompue. Or le décasyllabe roman admet
sans difficulté onze syllabes et même douze, pourvu que les
syllabes surabondantes soient atones et placées respectivement après chacun des accents principaux :

> Donc lui remémbret | de son seignor célésta —
> Por une imágene | dont il odit parlér (1).

Dès lors, que devient, encore une fois, le parallélisme des
deux formes? Mais peut-être est-ce là, dans le vers roman,
une licence postérieure? Non, c'est une des conditions
mêmes de la structure de ce rythme : plus le vers est ancien, moins il y manque; l'*Alexis*, par exemple, ce pré-
cieux monument, dont la versification est d'une si parfaite
netteté, l'observe avec une rigueur absolue. Si plus tard
on voit un *e* muet placé à la césure compter comme syllabe,

> D'aucuns vivres de joyeuse plaisance (2),

(1) *Alexis* (éd. G. Paris, 1885), 57 et 87.
(2) Charles d'Orléans. Pour ancienne qu'elle soit, cette coupe n'en
est pas moins artificielle.

c'est pour l'oreille une surprise désagréable, un abus du moins qui n'a rien de commun avec la pureté de la scansion primitive. Si les types italiens, très postérieurs, remarquons-le, rejettent la syllabe atone d'un hémistiche à l'autre et la font compter dans la mesure,

> Lasciate ogni sperán | za, voi che 'ntráte —
> Che 'l gran sepól | cro liberó di Cristo,

l'irrégularité même de cette coupe dénonce, ce semble, une époque où la cadence primitive du vrai vers roman n'est plus sentie avec précision (1). Règle générale : plus la versification est antique et populaire, plus elle se rapproche de la *viva vox*, mieux elle observe l'élision de la médiane atone, et les types de ce genre se comptent par centaines dans toutes les littératures romanes : en provençal

> El bosc d'Ardéna | justal palais ausór,
> A la fenéstra | de la plus auta tór —
> Vein, aura doúza | que vens d'outra la már ;

en espagnol, où cette élision habituelle donne au décasyllabe héroïque beaucoup de force et de souplesse,

> Somos siempre los clérigos | errados e viciósos —
> Fablar curso rimádo | por la quaderna via,
> A sillavas cuntádas | ca es gran maestria ;

en italien, partout où une syllabe atone suhit à la césure

____

(1) On la rencontre aussi en provençal et même en français ; mais elle ne s'y est guère répandue. — Cf. *Aiol* publié par la *Société des Anc. Textes* (Paris, 1877), préf., p. xv sq.

la suppression facultative, qui peut, il est vrai, l'atteindre aussi partout ailleurs :

> Nel mezzo del cammin(o) | di nostra vita —
> Che nel pensiér(e) | rinnuova la paûra,

et peut-être dans d'autres cas encore. Au reste, si malgré tout on révoquait en doute le caractère primitif de l'élision de la cinquième ou septième atone, la rigoureuse nécessité de l'élision de la onzième n'en demeurerait pas moins avérée ; or l'addition de cette syllabe supplémentaire au dactylique tétramètre hypercatalectique le fausse également. Le vers

> Quam cuperém tamen ante recéssum

est bien toujours un dactylique, mais ce n'est plus celui de M. L. Gautier, le seul usité au moyen âge.

Conclurons-nous de cet examen qu'il faille dénier au tétramètre dactylique toute influence sur la genèse du décasyllabe roman ? Ce serait peut-être verser dans un autre excès. Trop de ressemblances les rapprochent pour qu'ils puissent être absolument étrangers l'un à l'autre ; mais trop de différences les séparent pour que l'un ait jamais pu sortir de l'autre, même par une série d'intermédiaires. Il est seulement possible que l'oreille romane ait été accoutumée, par la mélodie qui accompagnait le dactylique, à une cadence décasyllabique, et que par suite cette cadence savante, devenue familière, ait tendu à s'introduire dans tel rythme populaire auquel elle était primitivement étrangère. C'est ce rythme qu'il s'agit de découvrir. Poursuivons.

IV

LE VERS SAPHIQUE.

L'hypothèse de Littré et de Quicherat est, si je ne me trompe, généralement abandonnée aujourd'hui. Pourtant l'ingénieux rapprochement du décasyllabe roman et de l'hendécasyllabe saphique paraît au premier abord irréprochable. Rien, extérieurement, ne ressemble mieux à notre vieux vers héroïque, et par le compte des syllabes et par la position des accents, que le type horacien, considéré au point de vue purement rythmique.

> Est mihi nónum superantis ánnum
> Plenus Albáni cadus, est in hórto, etc.

Ces deux types n'en sont pas moins incompatibles.

1° Partira-t-on du vers simplement récité ? Il le faut bien, quoique il semble étrange de le faire, quand on songe que le saphique n'a servi au moyen âge qu'à la composition d'hymnes religieuses, qu'il a été exclusivement un rythme chanté. Eh bien, même au prix de cette concession, les deux rythmes ne recouvrent point. Que l'on compare syllabe pour syllabe, exemple, ces deux vers, dont l'un est la traduction grossière et syllabique de l'autre :

> Jam satis térris nivis atque diræ ;
> Assez en téres neiges avec grésles.

Le premier est un saphique juste, le second un décasyllabe faux. Pourquoi? C'est que la syllabe atone *res*, qui suit immédiatement la quatrième frappée d'un accent principal, doit disparaître dans la prononciation au même titre que l'atone *les*, qui suit la dixième; c'est qu'il n'y a aucune raison pour que ces deux éléments, semblables et placés dans des conditions identiques, soient différemment traités; c'est enfin que, cette syllabe *ris*, qui en latin clôt le premier hémistiche, on est obligé, pour avoir son compte de syllabes, de la transporter arbitrairement en tête du second hémistiche roman, et que ce transport détruit toute la cadence du saphique, en substituant la coupe 4/7 (la onzième atone) au balancement 5/6 qui le caractérise. Bref, ou bien la syllabe *rae* devrait compter dans la mesure, ou bien la syllabe *ris* n'y devrait pas compter.

2° Cela est si vrai que, cette dernière objection disparaissant dans le vers chanté, il en naît immédiatement une autre tout aussi grave. En effet, dans le saphique mélodique, dont le moyen âge nous a légué de nombreux spécimens, la cinquième syllabe non seulement ne disparaît pas, mais acquiert une valeur égale à celle de la quatrième; mais alors la onzième est exactement dans le même cas; elle a la même durée que la dixième, autrement dit le balancement rythmique du saphique repose sur l'égale valeur des deux dernières syllabes de chaque hémistiche. Il y a parité absolue entre la quatrième et la cinquième, la dixième et la onzième, la onzième et la cinquième. Qu'on jette les yeux sur ces deux mélodies écrites dans des mesures et des modes différents (1) :

(1) Coussemaker, *Hist. de l'Harm. au Moyen-Age,* monuments,

Vir . ginis pro . les o . piſexque ma . tris

Vir . go quem ges . sit pe . peritque Vir . go Vir . gi . nis

ſes . tum ca . nimus tro . phæ . um Ac . ci . pe vo . tum

Est mihi no . oum su . perantis an . num

Ple . nus Al . ba . ni cadusest io hor . to Phyl . li nec

ten . dis a . pium co . ro . nis Est he de . ræ vis.

Que devient ici l'atonie de la onzième syllabe? En résumé, le saphique rythmique récité est un ennéasyllabe; le saphique chanté est un hendécasyllabe rigoureux: ni l'un ni l'autre ne saurait cadrer avec notre décasyllabe, soit chanté, soit récité.

3º Le saphique n'a qu'une césure possible, à la suite de la cinquième syllabe; le vers roman en a deux, soit après la quatrième, soit après la sixième syllabe. N'insis-

p. xii. On remarquera que dans le dernier morceau la quantité latine est assez maltraitée, mais partout ailleurs qu'à la fin de chaque colon.

tons pas sur une considération qui a déjà été développée
à propos du tétramètre dactylique, et qui se présente ici
avec la même force. Bornons-nous à constater que Littré
esquive un peu la difficulté dans le très court exposé qu'il
consacre à l'origine du décasyllabe.

4° On ne voit pas ce que devient dans le système roman
la clausule adonique, complément obligé de la strophe saphique. Elle disparaît complètement dans la laisse uniforme ainsi que dans la stance de cinq vers de l'*Alexis*.
Cependant il est bien certain que le vers saphique à lui
seul, aussi souvent qu'on le répétât, n'a jamais pu former
un système rythmique ni une phrase musicale complète.
On pourrait, il est vrai, supposer que, une fois la laisse
terminée, la clausule mélodique résultait de l'accompagne-
ment (AOI?); mais ce serait là, si je ne me trompe, une
hypothèse toute gratuite. Sans exagérer l'importance de
cette dernière objection, il a paru bon de ne pas la passer
entièrement sous silence.

V

LE TRIMÈTRE IAMBIQUE.

Le système de M. Benloew est bien connu (1) : ces crait
tout simplement le trimètre iambique,

(1) *Rythmes français et Rythmes latins*, p. 70 sq. Les observations qui vont suivre s'appliquent également aux systèmes qui
partent de diverses combinaisons iambiques. Cf. Rajna, *op. cit.*,
p. 506.

Phaselus ille quen videtis, hôspites,

envisagé comme vers rythmique et devenu

O tu qui sérvas armis ista moénia,
Noli dormire, moneo, sed vigila,

qui aurait donné naissance au décasyllabe romaiu.

Ici c'est évidemment du vers récité qu'il faut partir ; car, si l'on part du vers chanté, la douzième syllabe est frappée d'un temps fort, et même d'un temps fort principal, et par suite le vers est un dodécasyllabe (1). Premier et grave inconvénient : car, pour se rendre compte de la genèse d'un vers qu'on a certainement chanté avant de le réciter, il serait bon de pouvoir partir d'un rythme où les temps forts du chant coïncidassent avec ceux de la déclamation.

Mais, d'une part, comme le fait remarquer M. Benloew, il semble impossible de rattacher à une autre origine le type des vers italiens dits *sdruccioli* (dodécasyllabes terminés par deux syllabes atones), en sorte que, pour ceux-là du moins, un rapport de filiation avec le sénaire iambique paraît incontestable (2); de l'autre, en ce qui concerne

(1) Voici, par exemple, la mesure d'un hymne en dimètres iambiques; la dernière arsis est de longue durée :

Jam· sol   re.ce.dit ig . ne.. us

(2) Je ne retrouve pas ce type embarrassant dans la savante et très complète discussion de M. L. Gautier.

l'hendécasyllabe italien ou espagnol, le décasyllabe français, on peut atténuer la difficulté en partant du même
type très légèrement modifié, je veux dire du trimètre
iambique catalectique,

Trahuntque siccas machinæ carinas,

où peut-être disparaissait l'arsis finale. Il demeure donc
avéré que de tous les systèmes anciens, c'est celui du trimètre iambique qui se rapproche le plus du vers moderne,
et, si l'on vient à songer que les rythmes iambico-trochaï-
ques furent les plus primitifs et les plus populaires, on
ne pourra se défendre de reconnaître que de sérieuses
présomptions militent en faveur de l'opinion de M. Benloew.

Mais il ne nous est pas possible non plus de l'accepter
telle quelle et sans modification ; car nous retrouvons ici
l'inéluctable difficulté que nous avons signalée plus haut à
propos du saphique : les deux vers ne se recouvrent pas.
Que l'on parte du trimètre acatalecte ou du trimètre catalectique,

Phaselus il | le quem videtis, hóspites —
Phaselus il | le quem tueris, hóspes,

il faut, pour le faire cadrer avec notre décasyllabe, en
rompre arbitrairement toute la mesure, transporter au
second hémistiche la syllabe *le* qui fait normalement partie du premier, compter dans la mesure cette syllabe,
qui, étant atone, doit s'élider à l'hémistiche du vers roman, violer enfin de propos délibéré quelqu'une des règles
fondamentales de l'une ou l'autre versification. Traduits
syllabiquement, ces iambiques donneraient un vers roman
tel que :

Icest navire que cy veez, hôstes.

Or c'est là un décasyllabe faux. Que si au contraire l'on se résigne à laisser la césure à sa place, à couper

Phaselus ille | quem tueris, hóspes,

on a un iambique juste, mais qui n'a pas plus de rapport que le précédent avec le vers roman ; car, ou bien la syllabe *le* compte dans la mesure, et alors on a un vers coupé, non après la quatrième syllabe, mais après la cinquième, qui n'a rien de commun avec aucun type français (1) , ou elle ne compte pas, et le vers devient un ennéasyllabe.

Nous voici donc arrivés au terme de ce trop long examen, et la solution laborieusement cherchée semble s'imposer à nous par voie d'éliminations successives. Si le vers roman n'est pas sorti du trimètre iambique, on ne voit vraiment pas à quel rythme latin on pourrait le rapporter ; mais, d'autre part, le trimètre ordinaire ne suffit pas à l'expliquer ; car il n'a pu provenir que d'un vers iambique qui aurait eu *douze syllabes et un temps fort sur la onzième*, de telle sorte que, la cinquième et la douzième atones disparaissant régulièrement dans la mesure, il restât un vers de dix syllabes à deux accents principaux sur la quatrième et la dernière. En fait, ce type existe-t-il ? Oui, et de temps immémorial, dans la versification grecque,

'Ακόντατθ' Ἱππώνακτος, οὐ γὰρ ἀλλ'ἥκω,

(1) Pas même avec le type à césure médiane :

La barque est petite | et la mer immense ;

car ici la césure suit une syllabe fortement accentuée.

et certainement aussi dans la versification latine, puisque
la suppression de l'avant-dernière thésis, qui est la loi de
ce mètre, régit également le saturnien. On a reconnu le
trimètre scazon, qui répond trait pour trait au type cher-
ché : douze syllabes, deux accents principaux et deux syllabes atones élidées respectivement après chacun d'eux.
Que l'on superpose, par exemple, un scazon latin quelconque et sa traduction syllabique en une langue préro-
mane hypothétique :

> Baiana nóstri, Basse, villa Faustini —
> Baienne nóstre, Basse, ville Faustín (1) :

ces deux vers coïncident dans le moindre détail. Or le second est un décasyllabe irréprochable ; l'atone médiane,
tout à l'heure si embarrassante, a disparu dans la mesure,
en même temps et au même titre que l'atone finale, et la
suppression d'une syllabe atone à l'hémistiche trouve son
explication dans la structure même du vers latin.

La vérification en sens inverse n'est pas toujours aisée :
quand on veut retraduire des vers romans en latin, le résul-
tat donne ordinairement un trop grand nombre de syllabes,

(1) Il est entendu que, dans la langue où *Faustinus* donnait *Faus-
tins*, *Bassus* eût rigoureusement donné *Bas* : aussi n'est-ce point
ici une restitution, mais un simple schème, qui nous reporte à une
langue romane où les atones latines étaient encore faiblement pro-
noncées partout, mais ne comptaient déjà plus à la césure et à la fin
du vers. Et cette restitution n'a rien que de légitime ; car c'est bien
ainsi, on l'a vu, que le provençal, l'espagnol, etc., traitent leurs
atones finales, et c'est ainsi encore que le français traite l'*e* final
atone, qui, jusqu'au XIe siècle, sonnait distinctement dans la prononciation, et pourtant ne comptait déjà plus à l'hémistiche et à la
fin du vers. — Cf. A. Darmesteter, *Rom.*, I, p. 156.

à cause de l'extrême raccourcissement qu'ont déjà subi les mots latins en passant de l'une à l'autre langue. Cependant, appliqué à des vers encore à demi latins de forme, le travail permet de retrouver le scazon latin qui se cache sous le rythme décasyllabique. Soit, par exemple, le dernier vers de l'*Alexis* :

> En ipse vérbe, si dimes Pater nóster
> In ipso vérbo, sic dic'mus Pater nóster :

la traduction est un scazon rythmique parfait, où l'on reconnaît même, par une coïncidence toute fortuite, l'iambe de la dernière dipodie métrique.

On pourrait multiplier les exemples ; bornons-nous aux types les plus caractéristiques :

> Post conversárunt | insimul longa ménte (*Alex.*, 21) —
> Magis dolórem (1) | non possunt oblitáre (*Alex.*, 157) —
> O care amice (2) | de tua juventa bélla (*Alex.*, 476) —
> Ad tunc (?) est orgullósus | et affirmátus (*Gir. Ross.*, 4299) —
> Domna sancta María | vos me inde 'ajtátis (*Aiol*, 1921) —
> Tum (3) se mittunt Francénses | ad repatriáre (*Ib.*, 3610) —
> Los quattuor robatóres | ad dextram in súbtus (*Ib.*, 3026), etc.

Les quatre derniers vers sont des trimètres scazons rythmiques à césure hephthémimère, mais, bien entendu, réduits à deux accents fixes (4).

---

(1) *La* n'est pas traduit, pour compenser l'excès syllabique de *magis* sur *mais*.

(2) Le vocatif substitué au nominatif pour compenser l'excès syllabique de *carus* sur *chiers*.

(3) Texte: *Or*. Bien entendu, *tria* ne fait qu'une syllabe, comme plus haut *tua*.

(4) Bien que les vers de l'*Eulalie* appartiennent à un tout autre

Et ceci nous ramène tout naturellement au problème
que nous avions déjà rencontré sur notre chemin, mais
que nous avions provisoirement réservé: la coupe 6/4 du
décasyllabe doit être, disions-nous, aussi primitive, aussi
régulière, quoique beaucoup moins fréquente, que la
coupe 4/6 ; pourtant aucun des systèmes proposés ne
nous en a rendu raison. Avec l'hypothèse iambique tout
s'éclaire, tout devient facile ; car la coupe 6/4 correspond
aussi exactement à la césure hephthémimère que la
coupe 4/6 à la césure penthémimère ; or l'une et l'autre
césure est de l'essence même du trimètre ; et, si l'une des
deux coupes est incomparablement plus fréquente que
l'autre dans le vers roman, n'est-ce pas dans une proportion semblable que l'antiquité latine nous offre ses deux
types de césure ? L'hephthémimère avait l'inconvénient de
couper un mètre en deux (1) ; aussi les Grecs déjà s'atta-
chaient-ils à ne la point trop multiplier; dans Sophocle on
compte environ 120 césures hephthémimères contre
275 penthémimères ; la proportion est moindre encore
dans Euripide; elle devient tout à fait insignifiante chez les
Latins (2), et il n'y a pas de raison de croire que la ryth-

---

type, je ne résiste pas à la tentation d'en citer un, qui en roman est
un décasyllabe parfait, et, traduit syllabiquement en latin, donne un
scazon irréprochable, même au point de vue métrique :

> Volt lo seule lazsier, si ruovet Krist,
> Volt saeculum laxáre | sic rogat Christum.

(*Sæculum* au lieu de *sæclum*, pour être dispensé de traduire l'ar-
ticle.)

(1) Schèmes : $\begin{cases} \smile \mid - \smile - \smile \mid . \text{ césure } - \smile - \smile \mid - \smile - \\ \smile \mid - \smile - \smile \mid - \smile \text{ césure } - \smile \mid - \smile - \end{cases}$

(2) Christ, *op. cit.*, p. 357.

mique populaire l'ait traitée fort différemment. Mais elle n'en existait pas moins, associée à la mesure trimétrique, dans les vagues souvenirs du peuple et des chanteurs ; elle a sans doute végété obscurément, à peu près délaissée, mais non oubliée tout à fait, s'accusant çà et là par quelques affleurements encore visibles pour nous ; puis elle a reparu et même régné en souveraine dans quelques poëmes du nord et du midi, mais pour retomber bientôt dans un oubli plus profond encore. Peut-être ne serait-il pas impossible d'en retrouver quelque trace dans la mesure de tel ou tel de nos fredons populaires. En tous cas, on voit qu'il n'est pas une particularité de notre décasyllabe qui ne paraisse s'accorder de point en point avec l'hypothèse d'une descendance choliambique (1).

Je ne voudrais pas insister plus que de raison sur une simple conjecture, probablement fort téméraire, que mon devoir est de soumettre sans autres commentaires à l'appréciation des maîtres de la science. Je ne puis cependant m'empêcher de faire ressortir par un dernier exemple le

---

(1) Il me paraît difficile de ne pas mentionner ici, au moins en passant, un autre vers, certainement populaire, et à coupe constamment hephthémimère, celui qu'on pourrait nommer le *saturnien scazon* (*thesi pænultima sublata*. L. Havet) :

Dabunt malum Metélli | Nævio vâti.

Envisagé comme purement rythmique, et avec suppression de la 7ᵉ et de la 12ᵉ atones, qui suivent respectivement les deux toniques, ce vers est entièrement identique à celui du *Girartz de Rossilho*. Le principe d'une origine iambique une fois admis, il est bien évident que plusieurs systèmes iambiques populaires ont pu confluer en un seul pour former la cadence décasyllabique, peut-être, ainsi qu'on l'a vu, sous l'influence latente du dactylique de M. L. Gautier.

curieux parallélisme dont je n'ai présenté que le schème
rapide. Voici un vers de l'épigramme déjà citée de Mar-
tial,

Grandes probórum virgines colonórum,

qui, traduit en notre langue semi-romane,

Grandes provór virgenes colonór (1),

donne un décasyllabe aussi parfait, aussi bien cadencé et
d'aussi fière allure que son modèle latin. Or qui ne voit
que ces deux mots *proborum* et *colonorum*, placés dans la
mesure de façon à se correspondre et même à rimer ensemble, devront toujours se correspondre et subir un trai-
tement identique, par quelques stades phonétiques que
passe la langue dans laquelle le vers a été composé? Qui
ne voit que, si la syllabe *um* s'assourdit dans le second,
elle ne saurait subsister dans le premier? Qui n'aperçoit
enfin, dans le vers latin de la décadence, où l'hémistiche
assone si souvent avec la finale, le prototype de ces vers
léonins si communs dans la versification médiévale? Cette
dernière considération, sans être décisive, a bien aussi sa
valeur, et il n'y a, ce semble, aucune invraisemblance à
soutenir que notre décasyllabe remonte peut-être à un
type ancien dodécasyllabique, où la syllabe médiale atone,
plus ou moins vaguement assonancée avec la finale atone,

_____

(1) Toujours, bien entendu, dans un français où toutes les syllabes atones comptaient encore partout ailleurs qu'à la césure et à la
finale ; car autrement on aurait *granz* monosyllabe et *virg nes* dis-
syllabe. Si on le préfère, on écrira *provoro* et *colonoro*, mais en
traitant les atones finales comme la langue postérieure traite l'e
muet.

subissait nécessairement dans la prononciation le même
sort que celle-ci. Ce qui est au moins et en tous cas certain, c'est que la médiale ne pouvait subir le bizarre report
d'un hémistiche à l'autre, qui rompt toute mesure et qu'on
est pourtant contraint d'admettre si l'on part d'un système
iambique autre que celui du scazon.

VI

CONFIRMATION HISTORIQUE.

Jusqu'ici nous avons dû opérer sur la comparaison
théorique du vers roman et du vers latin, bien que nous
ayons dès le but admis que l'un ne procédait pas de
l'autre. Les vers latins cités comme exemples ne repré-
sentaient pour nous que les types rythmiques gréco-latins
ou celto-latins disparus, et il ne servirait de rien dès
lors à notre thèse de rechercher si au moyen âge l'iambique scazon a été ou non en faveur. C'est plus haut, bien
plus haut qu'il nous faut remonter si, comme nous le
croyons avec M. G. Paris, le vers roman plonge par
ses racines jusque dans le passé préhistorique de la race
âryenne. Cette race a-t-elle connu les systèmes iambiques?
a-t-elle connu, plus spécialement, le principe de la *thesis
pænultima sublata*, qui est la loi du scazon? La réponse à
ces deux questions n'est point douteuse: l'iambe ou le
trochée, le mode enfin que les Grecs ont appelé γένος διπλάσιον, se trouve à la base de toute versification indo-européenne, et la suppression facultative d'une ou plusieurs

thésis est commune à nombre de mètres gréco-latins et au
vers des Nibelungen. Pendant des siècles, nos pères n'ont
connu d'autre cadence que l'alternance d'un temps fort
et d'un temps faible, ce dernier durant en principe moitié
de la durée du premier, mais pouvant avoir à peu près la
même durée, pouvant aussi disparaître à volonté, auquel
cas le temps fort était prolongé de manière à en compenser l'absence (1).

Et, étant donné le caractère de la langue, celui de la
versification, exclusivement métrique à l'origine, ne l'oublions pas, il était impossible qu'il en fût autrement.
Consultons le sanscrit, qui reflète aussi fidèlement que
possible, sinon le vocalisme, du moins l'accentuation et
la quantité de l'indo-européen primitif : la comparaison des
tableaux numériques de M. Whitney (2) nous apprend
qu'il y a dans cette langue environ 31 voyelles longues de
nature contre 56 voyelles brèves ; d'autre part, parmi les
brèves de nature, une sur deux au moins est longue de
position, ou susceptible de subir dans le corps du vers
cet allongement accidentel, lequel résulte rigoureusement
de ce qu'une voyelle est suivie de plus d'une consonne (3).

On voit que de telles proportions numériques, où les

(1) Voir notamment Westphal, *zur vergleichenden Metrik der
indogermanischen Völker.* (K. Z., IX, p. 437.)

(2) *A Sanskrit Grammar* (Lpz., Breitkopf u. Härtel, 1879),
p. 25.

(3) Le terme *long de position*, malheureusément consacré par
l'usage, est, comme on sait, tout à fait impropre. En pareil cas, les
grammairiens indiens disent que la *voyelle* est *brève*, mais que la
syllabe est *lourde*. Il serait désirable que cette terminologie fût
adoptée.

syllabes longues sont en même quantité que les brèves, et
même un peu plus nombreuses, appellent de toute nécessité
un système de versification où alternent régulièrement les
longues et les brèves, avec prédominance des longues par
la substitution possible du spondée à l'iambe ou au trochée dans certains cas plus ou moins nettement définis.
C'est ce que sentaient confusément les Grecs, chez qui la
proportion des longues était déjà sensiblement moindre (1),
lorsqu'ils constataient que l'iambe était essentiellement
le mètre du dialogue : l'homme, en effet, qui parle au
hasard, sans prétendre imposer aux syllabes un ordre
artificiel et savant, parle à peu près en iambes, c'est-à-
dire prononce alternativement longues et brèves, comme
ferait un homme qui tirerait des boules d'une urne où les
blanches et les noires se trouveraient en quantité égale.
Plus donc les systèmes de versification populaire se rapprochent de la nature du langage indo-européen, avec
lequel ils se confondaient à l'origine (car l'homme a
chanté avant de parler), plus ils rentrent dans le γένος
διπλάσιον. Aussi tout ce que nous connaissons de rythmes
populaires, le pada védique, le saturnien latin, le vers
byzantin, la *langzeile* des Nibelungen, nous ramène-t-il
à une mesure primitive iambique ou trochaïque, dont les
rythmes du γένος ἴσον, dactyliques ou logaédiques, n'ont été,
malgré leur importance, qu'une modification postérieure,
et l'on pourrait presque dire accidentelle. Il serait bien
étonnant que notre décasyllabe fît exception, alors que

(1) Jusque dans la prose de Platon, je trouve encore en moyenne
sept longues contre cinq brèves, en comptant comme longues les
syllabes lourdes, v. g. πι de ἐπίσταμαι et ον de βέλτιον ὄντι.

tous les détails de sa structure s'expliquent, eux aussi, par le trimètre iambique légèrement modifié.

Ainsi, c'est en vain qu'on objecterait que, parmi les types de vers latins rythmiques que nous a légués le moyen âge, ne figure pas l'iambique scazon. Peu importe, au point de vue auquel nous nous sommes placés; car, si ces rythmes savants ont pu exercer une influence indirecte, influence de discipline et de régularité, sur la versification populaire, il serait aussi abusif de leur en rapporter l'origine première que de ramener le français au latin de nos écoles. C'est à des rythmes infiniment plus anciens que nous l'avons fait remonter, en nous couvrant, probablement malgré lui, de l'autorité de M. G. Paris; et, bien que ces rythmes soient perdus pour nous, nous croyons avoir le droit de tracer jusqu'à eux l'arbre généalogique de notre décasyllabe, à la seule condition de pouvoir résoudre affirmativement les questions suivantes, traitées dans le cours de ce travail:

1° Le mètre iambique scazon est-il très ancien? — On n'en saurait douter, puisque les principes sur lesquels il repose se retrouvent dans toutes les versifications indo-européennes.

2° Parallèlement au scazon métrique, a-t-il pu exister, dans la versification populaire, un scazon rythmique? — Le passage du mètre au rythme, qui s'est effectué fatalement, à une époque indéterminée et variable, dans toutes les versifications, nous est garant que le scazon n'a pas plus échappé que les autres vers métriques à cette inévitable transformation: si nous reconnaissons à n'en pas douter des tétramètres trochaïques catalectiques dans le chant des soldats d'Aurélien, des tétramètres iambiques catalectiques dans les vers politiques de Byzance, nous devons nous attendre à rencontrer aussi dans la poésie populaire quelque représentant du type choliambique, aussi ancien qu'eux et probablement aussi répandu.

3° Est-il possible de restituer la cadence de ce scazon rythmique conjectural ? — Oui, il suffit pour cela d'observer comment, dans les trochées et les iambes toniques cités plus haut, l'accent se substitue à la quantité, et d'appliquer le principe de cette substitution au scazon métrique, ainsi que nous l'avons fait.

4° Enfin, la cadence ainsi obtenue se concilie-t-elle avec celle de notre décasyllabe ? — Elle la reproduit trait pour trait et jusque dans ses moindres détails.

Ainsi, historiquement, nous ne voyons aucune invraisemblance à rattacher le décasyllabe roman au trimètre choliambique ; prosodiquement, tout nous y convie : au lecteur de tirer la conclusion.

VII

L'ALEXANDRIN.

Une dernière objection reste à prévoir. Le décasyllabe roman n'est pas un rythme isolé, il fait partie de tout un sysème de versification, auquel se rattachent notamment l'octosyllabe (qu'on trouve déjà dans l'*Eulalie*), et l'alexandrin, qui apparaît un peu plus tard. L'explication, si spécieuse soit-elle, qui ne visera que le décasyllabe seul, demeurera donc toujours suspecte, tant que le principe sur lequel elle repose ne pourra pas s'appliquer, *mutatis mutandis,* aux autres rythmes romans soumis à des lois identiques.

Je ne me dissimule pas la gravité de l'objection, mais je ne saurais évidemment songer à la lever ici. Ce sera l'œuvre du temps, si la théorie que j'ai esquissée a quelque chance d'être favorablement accueillie et de devenir le point de départ de nouvelles recherches. Toutefois il ne me semble pas impossible, dès à présent, de rattacher rapidement à un système rythmique ancien de même ordre le vers alexandrin, et de compléter ainsi, du moins en ce qui concerne les deux rythmes les plus importants du moyen âge, la théorie de l'origine iambique du vers roman.

Écartons tout d'abord de la discussion le vers asclépiade, même chanté. L'asclépiade a douze syllabes, comme le dactylique tétramètre catalectique en a dix : c'est le seul rapport qu'on puisse découvrir entre ces deux mètres et l'alexandrin ou le décasyllabe roman. Toutes les raisons données contre l'un s'appliquent sans modification à l'autre, qui d'ailleurs a même déjà trouvé place dans la discussion (1). Tout ce que l'on pourrait admettre, c'est que l'asclépiade chanté, assez commun au moyen âge, n'a pas été étranger à la genèse de l'alexandrin, en accoutumant l'oreille à une cadence exactement dodécasyllabique et facilitant ainsi la transformation du rythme iambique populaire en un vers d'un nombre uniforme de syllabes. C'est précisément dans les mêmes termes que nous avons admis l'influence indirecte du tétramètre dactylique sur la mesure décasyllabique.

(1) Voir *supra,* p. 20, i. n.

Cela posé, le vers latin qui ressemble le plus à l'alexandrin est l'iambique tétramètre catalectique, à condition qu'on le *récite* avec l'accent latin et que par suite le dernier temps fort du premier dimètre disparaisse dans la prononciation. Dans ce cas, en effet, les deux dernières atones du premier dimètre et l'atone finale du second étant régulièrement supprimées, on obtient un vers dodécasyllabique coupé par le milieu et où la syllabe atone ne compte pas à l'hémistiche, suivant la loi de l'alexandrin médiéval. Ce vers de Plaute, par exemple :

> Quo nos voçabis nómine? Libertos non patrónos (1),

traduit syllabiquement, donne un alexandrin très juste.

> Quel nus roveras nóm? Libertins, non patróns.

On a de même :

> Ne parce voçi ut aúdiat. Cum ipso pol sum secúta (2).
> N'espargne voix, qu'il óiet. Od lui voire ai suivi,

vers peu mélodieux, mais d'une justesse irréprochable.

Bien entendu, il n'est pas plus question ici que plus haut de ramener immédiatement le type roman au type latin. L'alexandrin ne dérive pas du tétramètre iambique latin, mais d'un type rythmique antérieur, dont celui-ci nous offre l'image. Ce type rythmique existait-il ? était-il populaire ? Aucun monument ne nous en a été conservé ; mais à défaut de preuves formelles, on peut invoquer deux graves présomptions. D'une part, on a chanté, nous le savons, des tétramètres trochaïques rythmiques, et nous

(1) *Asinar.* (éd. Nisard), III, 3.
(2) *Mil. glor.* (éd. Nisard), 1209.

n'avons aucune raison de croire que l'iambe ait rencontré dans la versification populaire moins de faveur que la trochée. De l'autre, le tétramètre iambique catalectique, non plus *récité* cette fois, mais *chanté*, c'est-à-dire prononcé avec un fort accent sur les deux principales arsis prosodiques :

> Quo nos vocabis nominé ?
> Libertos non patrónos,

paraît avoir donné naissance à un rythme essentiellement populaire, qui s'est perpétué dans la chanson jusqu'à nos jours :

> Il était un roi d'Yvetôt.
> Peu connu dans l'histoire.

Je ne pense pas qu'il y ait deux types rythmiques qui se superposent plus exactement l'un à l'autre : il est donc permis de croire que, le rythme français étant populaire, le rythme latin l'était aussi.

En grec, où l'accent n'a pas remonté comme en latin, où par conséquent il n'y a aucune différence d'accentuation entre le vers récité et le vers chanté, ce dernier type s'est parfaitement conservé dans le vers politique, qui n'est autre qu'un tétramètre iambique catalectique où les longues sont remplacées par des syllabes accentuées et les brèves par des atones :

> Οὐ μὲν δὲ γράψομεν ἁπλῶς τὰς λέξεις δίχα στίχων (1).

On voit que ce vers ne diffère de l'alexandrin français

(1) Christ, *op. cit.*, p. 401 sq.

que dans la proportion même où l'accentuation grecque s'écarte de la latine. Ainsi notre alexandrin serait tout simplement un vers politique latin prononcé avec l'accent de phrase, et deux types des plus communs de la versification byzantine et de la versification romane se réclameraient de la même origine.

Je ne pousserai pas plus avant dans le domaine de l'hypothèse, et je n'ai qu'une excuse pour m'y être engagé si témérairement, le désir de m'instruire par les réponses qui me seront faites, si toutefois cet imprudent essai est jugé digne d'une réponse.

Andrézieux (Loire), le 3 septembre 1884.

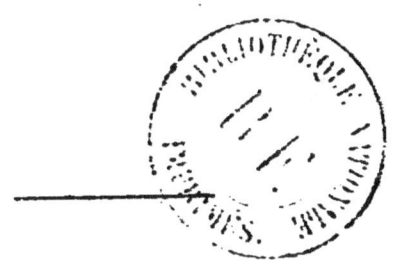

IMP. GEORGES JACOB, — ORLÉANS.

Documents manquants (pages, cahiers...)
NF Z 43-120-13